Akin

o rei de Igbo

Marcos Cajé

Akin
o rei de Igbo

Copyright © 2020 Editora Malê Todos os direitos reservados.
Direção: Vagner Amaro & Francisco Jorge
ISBN 978-65-87746-01-2

Capa: Dandarra de Santana

Editoração: Estela Meneghetti

Editor: Vagner Amaro

Revisão: Ivania Nunes

Ilustração: Dom Lito

Texto revisado segundo o novo Acordo Ortográfico da Língua Portuguesa.

Proibida a reprodução, no todo, ou em parte, através de quaisquer meios.

Dados internacionais de catalogação na publicação (CIP) Vagner Amaro CRB-7/5224

C139a   Cajé, Marcos

   Akin: o rei de Igbo / Marcos Cajé. – Rio de Janeiro:

Malê, 2020.

72 p.; 21 cm.

ISBN 978-65-87746-01-2

1.   Ficção brasileira I. Título

CDD – B869.3

Índice para catálogo sistemático: Romance brasileiro B869.3

Todos os direitos reservados à Malê Editora e Produtora Cultural Ltda.

www.editoramale.com.br

contato@editoramale.com.br

O livro Akin: o rei de Igbo, do escritor baiano Marcos Cajé, fabula um reino africano anterior à colonização ocidental na Nigéria. O autor constrói uma narrativa itan, alicerçado nos ensinamentos dos mitos das religiões de matriz africana. Ele nos envolve com a jornada de aventura do personagem Akin, o prometido pelas profecias do oráculo a salvar o reino da tirania do rei déspota, Enitan, e da feiticeira Adanna. Cajé encruzilha desde o início a trajetória de Akin, criança protegido pela sua mãe Azira, guerreira Igbo, ao treinamento com as guerreiras do Círculo da pedra em uma dimensão espiritual, até a sua transformação em grande guerreiro, em rei, em Xangô.

Davi Nunes é escritor, roteirista e doutorando em Literatura, Cultura e Contemporaneidade na Pontifícia Universidade Católica do Rio de Janeiro (PUC-Rio).

Agradecimentos

De modo especial, aos meus ancestrais.

Ao meu amado companheiro Florivaldo Cajé.

A minha Mãe, aos amigos Paulo Santana, Cláudia Dall'Agnese, Gildeci Leite e a Glicéria Vasconcelos e as crianças.

Ao grande Mestre Didi Alapini.

Sumário

A busca do machado, 13

Akin, 21

A espera, 33

O retorno ao oráculo, 39

A volta, 49

A entrada, 53

O machado, 61

I — A busca do machado

Em um tempo distante, a trama de uma história vai sendo traçada, surgindo em um cenário ambientado em uma vasta planície, cercada de uma abundante vegetação e cortada por um grande rio, onde fica um grandioso reino, o qual, entretanto, é governado com totalitarismo, sendo infringidos, com frequência, maus tratos aos súditos. Trata-se de um reino, cujo rei é temido pelos seus aliados e por seus vizinhos de fronteiras; um reino onde os corruptos e os vingativos viviam como grandes senhores, intocáveis, repletos de regalias, onde sua corte exalava ojeriza.

Em meio a um reino politicamente autoritário, temos a magia que se sobrepõe a todas as agruras, e transborda entre as planícies, à volta do reino de Igbo. E sua maior força está presente em um ponto específico que se situa em uma pedra sublime que corta o rio em dois — é neste panorama que a magia se renova, onde um mito muito antigo ressurge, o mito do *Machado de Xangô*, os ventos anunciam em suas encruzilhadas sobre um menino que irá se tornar Rei e que empunhará um machado místico forjado de uma mágica ancestral.

Cresce em toda a redondeza os rumores daquele mito, até chegar ao rei Enitan, que debocha destas crendices populares. Nome do rei Enitan significa "pessoa de história" em ioruba.

O grande Rei de Igbo não crê nas forças místicas dos ancestrais, e, diante disso, deixa passar como bobagem a profecia. O rei, assim, se glorifica em dizer aos quatro ventos que sua preocupação é somente com os dizeres reais, ou as ameaças políticas.

A feiticeira Adanna, então, é chamada:

— Senhora?

Ela responde rispidamente:

— Cale-se. Vou falar apenas uma vez e guarde minhas palavras, pois elas são poderosas! E vocês não imaginam como! Seu reinado tem apenas uma semana para iniciar a construção do forte na estrada leste. Simplesmente será assim!

— Mas a senhora não é...

Neste momento a feiticeira ergue a mão levemente, balbuciando palavras aparentemente sem sentido, e o homem começa a ter uma vertigem brusca. Ela sorri e diz aos dois ministros que a estão acompanhando:

— Homens fracos são assim mesmo: basta um encantamento leve e logo fraquejam.

Ela continua:

— Escute novamente, desta vez prestando atenção, não pretendo enviar nenhum mensageiro, digo a você para anunciar ao seu rei que ele tem apenas uma semana para iniciar as obras! Para não esquecer, diga que fui eu a conselheira que ordenou. Aqui, neste reino, nós, mulheres exigimos que nossas vozes sejam ouvidas! Basta! Vá.

A feiticeira sai do pátio do palácio, acompanhada de dois ministros: o da política interna e o ministro da terra. Os três passam, sorrindo, entre os nove pilares dos saberes ancestrais do reino Igbo, que são construções grandiosas e seculares e cada pilastra representa a harmonia entre os oito reinos vizinhos e o reino de Igbo.

Passados alguns dias, a feiticeira Adanna, cujo nome significa "Filha Amorosa do pai", começa a ouvir rumores sobre um mito antigo, tanto no palácio, como fora dele. Ela não deixa passar adiante esses dizeres populares, ou mesmo um mito que carrega um desatino com tamanho jugo. Ela é a *Iá mi* a feiticeira. Ela sente-se incomodada com a fofoca, os *ejó*.

No terceiro dia depois que descobriu sobre os burburinhos nas aldeias mais próximas e na cidade do reino central Igbo, mesmo nome do país, que ela, a feiticeira Adanna, fica mais incomodada com o mito. Então, em uma noite, prepara um ritual no qual seria possível ver entre o véu da fumaça da madeira morta do Baobá, para ter a visão do que já tinha acontecido, do que estava acontecendo e de outros fatos que ainda acontecerão. Entretanto, da cinza da fumaça azulada que se espalha em espirais pelo ar quente e carregado do lugar, ela não consegue ver. A feiticeira usa mais força na sua magia e acrescenta um pó branco. Mesmo assim, (aí ela fica horrorizada), pois mesmo com sua magia, ela ainda não consegue enxergar o que quer que seja e isso a faz perceber que algo muito importante está por vir.

Em plena lua cheia, em uma noite quente de primavera, o que não era muito típico para essa época do ano, Adanna começa a lembrar-se dela mesma, algo que sempre ela rejeita recordar.

A magia sempre custa alguma coisa. E a feiticeira sabe muito bem sobre esse preço, e para ela tornar-se uma Iá Mi o custo foi bastante alto! E foi neste momento que seu ideal de bondade e solidariedade, aprendido pelos seus pais, foi colocado em simples arremates de uma vida sem significado para aqueles que abraçavam seus ancestrais nos dias atuais em sua aldeia.

A lembrança mais árdua em seu pouco tempo de vida juvenil que emergiu em sua mente foi de algo que aconteceu quando ela literalmente iria se tornar uma feiticeira: essa memória viva do local é latente! Com isso, ela vai se lembrando nitidamente de todo o cenário "As árvores balançam, oscilando e se chocando umas nas outras e, ao mesmo tempo, o grito do vento torna-se, a cada momento, mais cativante e claro, como se fosse o uivo de um lobo solitário e triste, desgarrado da alcateia. Seus olhos cruzam com os demais olhos que habitam a floresta — são os olhos dos animais que refletiam na chama da tocha acesa por Adanna. Medo não há em Adanna.

A menina Adanna, além disso, fica igualmente confiante no que ela quer ser nessa noite, seus medos são despidos e lançados nas sombras enegrecidas da noite. Os vários olhos da floresta que a seguem fazem que ela deseje os segredos do mundo oculto. Cada pisada na terra fofa que há em alguns trechos, faz ela sentir-se dentro da senhora Terra. Nos trechos firmes do solo, ela sente a rigidez da senhora Terra se erguendo. O vento não grita mais. O vento sussurrará seu nome. E os nomes de seus ancestrais.

Adanna sente que este é o momento. Os olhos dos animais aos poucos vão se esvaindo. Adanna para em frente a uma encruzilhada em que está o Baobá e a Cajazeira seculares e ela, a feiticeira, terá que escolher qual destas árvores será sua parental! Mas antes de sua chegada às árvores sagradas, ela terá que escolher um caminho.

A magia, então, se manifesta! A feiticeira ergue as sobrancelhas: Ah sim.

Ela consegue sentir. Então, pensa consigo mesma:

— Claro que consigo sentir a magia, ela vibra no imperceptível. A vejo pelos olhos da mente! Ela é linda! Reluz! Diante desta euforia, Adanna se deslumbra pelo poder. Quer mais e mais poder. Assim, ela escolhe o poder somente pelo poder. Seus ouvidos isolam as vozes ancestrais que estão ali para orientá-la. Mas elas não estão ali para decidir por ela. Dessa forma, a jovem feiticeira não escuta e não quer escutar. E sua escolha é por ele — o poder. Que, aos poucos, mas implacavelmente, a devora.

Ela escolhe a árvore cajazeira, é nesta árvore que nascem os poderes das Iá Mi e também é onde seus poderes são renovados, é onde seus desejos são realizados, e o poder é bruto, mas o preço por essa escolha pode ser dispendioso.

E os anos vão se passando. A feiticeira é a mais altiva de todas as Iá Mi. Sua inteligência corre como o Rio Níger, seu cargo no reinado de Igbo como conselheira do rei a faz mais poderosa e perigosa. Suas lembranças se fecham e Adanna vai dormir, sentindo-se exausta."

No outro dia, ao acordar, sente-se fraca e atordoada pelo feitiço da noite anterior. Então, dirige-se ao quarto de banho, banha-se em água de cheiro (repleta de ervas e madeiras perfumadas), o qual muitos dos seus empregados pensam que é um banho enfeitiçado. Ela sorri quando pensa nisso e reflete no seu silêncio matinal "Que pensem assim, pobres coitados, meu banho simplesmente é aromático". Adanna termina seu alimento matinal, escolhe o melhor vestido com cores azuladas, mesclando com marrom e amarelo, com estampas geométricas estilizadas por desenhos *adinkras*, ela pega um pano amarelo cor de ouro e faz um belíssimo e imponente turbante.

Ao sair do seu quarto ela já se depara com um mensageiro. Ele diz:

— Senhora, o rei está solicitando vossa presença no seu quarto.

Ela diz:

— Diga ao rei que necessito de um dia inteiro, fale ao rei que no final da tarde o encontro.

O mensageiro se espanta e diz:

— Senhora, é o rei que solicita.

Adanna fala:

— Você é surdo ou tem algum tipo de deficiência mental? Acalme-se, criatura. Ele entenderá.

Adanna se dirige em direção ao estábulo e sobe em seu cavalo berbere, e sai em rápido galope. Ela ri novamente em seu silêncio, pensando que todos acham que ela e o rei são amantes. Ela, cansada dos mexericos, conclui, dizendo para si mesma: que pensem assim; o rei, no entanto, tem outras afinidades para seu deleite e prazeres.

II — Akin

Seu nome é Akin. Akin tem significado muito especial, pois quer dizer: "Homem valente, guerreiro, herói". Por natureza, é uma criança e aprecia o justo. Entre seus amigos, ele sempre busca por intermediar os conflitos, procurando fazer justiça, através do ato de ouvir os amigos e de demonstrar as falhas e os acertos de cada parte.

Akin sempre aproveita seus momentos com os amigos e familiares, está constantemente à disposição para ajudar nas tarefas de sua casa, estando presente em todas as solicitações de sua avó, a anciã mais velha de toda Igbo. Eles vivem próximo da planície do norte do reinado de Igbo, não muito longe da cidade central. Sua avó é uma grande ministra da oralidade e seus ensinamentos foram passados, há tempos a sua mãe Azira. No entanto, a grande matriarca da família

Asip, uma das famílias fundadoras do reino de Igbo, tinha um prazer enorme de ensinar a Akin tudo que podia.

A anciã era vista por muitos como sendo uma feiticeira. Entretanto, ela sempre achava graça disso. Porém, a grande matriarca da família Asip não era uma Iá Mi, mas é uma mulher com fortes ligações com o mundo místico: ela ouvia e às vezes via seus ancestrais, além de ser detentora de uma sabedoria fantástica sobre as folhas. Ademais, lia os sinais da natureza como ninguém jamais fizera. Essa é a avó de Akin, o predestinado rei de Igbo, o que irá trazer a justiça ao reinado, aquele que irá levantar o Oxé, o machado de Xangô.

Sua mãe Azira, cujo nome significa: "Preciosa", foi uma das grandes guerreiras do exército de Igbo, lutou muitas batalhas pelo reino. Porém, vendo as atrocidades do rei, ela pediu desistência do seu posto, para retornar a sua aldeia Asip. Sendo de uma família tradicional, o ministro para assuntos de defesa e guerra, autorizou o seu afastamento, mas Azira não falou diretamente suas motivações, aquilo que a fez pedir a sua saída da guarda real de Igbo, pois, já tendo sido advertida por sua sogra, a grande anciã, que já estava prevendo por intermédio dos ancestrais que Azira iria ter um menino e esse pequeno necessitaria de toda a sua atenção. Sendo assim, ela como já estava pensando em sair, uniu o útil e o agradável e mais importante: o supremo sentimento humano de gerar um ser, um bebê.

Azira logo teve Akin, dando esse nome que significa, não à toa, "um homem valente, guerreiro, herói — um nome Ioruba". A criança cresceu em um lar harmonioso, mas uma tragédia aconteceu quando Akin estava com cinco anos de idade: seu pai morre, misteriosamente. Foi uma morte rodeada de mistérios, ninguém sabe ao certo o que aconteceu naquele fatídico dia: alguns acham que foi assalto; outros acreditam que foi por motivo de cobrança de dívidas; e há ainda os que creem que a motivação foi por inveja. Sua morte aconteceu em uma estrada não muito movimentada. Seu corpo jazia sem vida. Ao seu lado, lá estavam apenas suas armas que foram deixadas para trás. Já suas ferramentas de ferreiro não estavam mais lá.

A anciã, junto com Azira e outros membros da aldeia de Asip, fizeram todo Axexê do Sanjo, que é um ritual que tem significação referente àquele que aparecia do passado, para sua partida seguir em paz.

Retomando o presente, Akin chega em casa e grita, todo feliz:

— Mãe, cheguei, e trouxe peixes frescos.

Azira vai olhar e fala:

— Como é?! Você foi pescar, Akin? Sabendo que ainda não sabe nadar direito. E mais uma coisa: sua aula de defesa já terminou? Ou você não foi?

Akin diz:

— Calma, mãe. Uma pergunta de cada vez. — E sorri da situação. — A aula de hoje foi na beira do rio e era sobre estratégia, paciência e observação. Assim, unimos o útil e o prazer da mesa, que é a comida.

Azira olha para ele e para sua sogra. Na verdade, ambas se entreolham e perguntam ao mesmo tempo:

— De quem foi a ideia?

Akin ri e diz:

— Minha. Quando o professor falou sobre qual seria a aula de hoje, parei e pensei e falei com o Adisa que na margem do rio, próximo à ribanceira do macaco, tem vários pontos de observação: de um lado uma mata semi rasteira, mais adiante um monte de pedras, do outro lado do rio uma vegetação mais inclinada para o alto e uma mata semifechada, além do próprio rio, que toda hora muda. E então, pescamos e treinamos ao mesmo tempo. Adisa gostou da ideia e partimos para essa aula fora do centro da aldeia.

A anciã fala para Azira:

— É, minha filha, ele está crescendo e sua natureza grita.

Algum tempo depois, todos estão rindo das histórias da grande Anciã e comendo o peixe assado com especiarias, como anis-estrelado e pimenta da Jamaica, acompanhado com um guisado repleto de verduras e um toque de gengibre. O aroma de dentro da casa estava espetacular, atiçando quaisquer papilas gustativas. Todos ouvem a batida na porta e Akin levanta para abrir. Ele abre a porta e diz:

— Mãe, é Adisa.

Ele cumprimenta seu professor e manda entrar; oferece peixe na brasa e as outras delícias feitas por sua avó.

Adisa agradece e fala que está sem fome naquele momento. Azira aparece e diz:

— O peixe foi tarefa sua, por que não experimenta do seu próprio aprendizado?

Ambos riem e ele fala:

— Azira, temos que conversar sobre Akin.

Ela olha para ele e diz:

— Eu sei, já está na hora mesmo.

Ambos saem da casa, e vão em direção ao rio. Azira fica um momento em silêncio, olhando tudo ao seu a redor, ela olha cada movimento, desde as pessoas andando, alguns conversando, outros jogando mancala, Azira vai vendo o céu anoitecendo e vagarosamente vai direcionando seu olhar para as árvores que cercam algumas casas mais próximas do rio.

Azira finalmente fala:

— Adisa, vamos ao pé do grande Baobá, pois lá podemos ficar mais à vontade.

Ele consente. Ao chegarem ao grande Baobá, Azira pede Àgó, que é o jeito de pedir licença em Ioruba à grande árvore e fala:

— Estamos aqui ao seu pé, solicitando sua paciência ancestral, peço a ti seu conforto, meu grande Baobá. Depois disso, Azira pede a Adisa que fale:

— Azira, minha amiga, Akin já está despertando para a juventude adulta. Além do mais, venho observando que seu amadurecimento está mais rápido do que esperávamos: seu senso de justiça sempre foi diferente do das demais crianças, mas agora, com doze anos, ele possui atitudes de um garoto de vinte anos, além de sua força física ser muito maior do que a dos demais meninos de sua idade; sua sabedoria é visível, basta falar com ele em poucos minutos e já se percebe.

Azira o olha, com os olhos de uma mãe lacrimejando, e começa a falar, mas não consegue continuar:

— Eu...

Então, Adisa conversa novamente:

— É, minha amiga, já está na hora da guerreira despertar novamente. Você tem que começar a treiná-lo para a arte da guerra. Akin já está incomodado e reclama sempre, dizendo que, quando vai falar com você sobre seu treinamento, você desconversa, ou fica irritada. Ele disse que já começou a achar estranha essa sua atitude. É, Azira, não temos como evitar o inevitável.

Azira finalmente fala:

— Você tem razão, meu amigo. Os sinais de Akin como o escolhido pelos ancestrais já estão emergindo. A Grande Anciã conversou comigo esses dias sobre esse assunto. É, Adisa, mesmo eu sabendo que ele é meu filho, meu Akin, o menino da profecia do Rei Xangô, mesmo assim tudo isso me deixa com medo, mesmo eu sendo uma guerreira, com treinamento para entender isso tudo, de todo modo ainda sou mãe e, como tal, tenho meus medos.

Um silêncio toma conta dos dois. Neste momento, ouve-se somente o som do vento, brincando com os galhos do grande Baobá e das águas do rio. O silêncio é quebrado pelo suspiro de Azira e diz:

— Você sabe que fui treinada pelas guerreiras do Círculo da pedra. Você é o único, fora da família Asip, que sabe sobre isso. As guerreiras do Círculo da pedra é um grupo antigo, e muitos nem acreditam em sua existência. Quando se entra para o Círculo delas, seu destino muda, sua vida torna-se outra, você morre como cidadã e renasce como uma nova pedra do Círculo das guerreiras, mas comigo foi diferente: eu fui treinada, conheci suas artes místicas, foi destinado a mim uma arma sagrada, e fui treinada para ser uma guerreira do invisível, e mesmo assim pude sair do Círculo e viver como uma mulher comum de Igbo, pois eu já sabia que era predestinada a algo muito importante, algo que uniria dois mundos distintos — o mundo místico e o mundo "tido como normal". Somente após o nascimento de Akin, meses depois, foi que os ancestrais explanaram a minha incumbência e a do pequeno Akin nesse mundo.

Adisa pergunta:

— Azira, eu pensei que seriam as guerreiras do Círculo da pedra que iriam treinar Akin?

Ela responde:

— Não exatamente. Akin irá ser treinado por mim, com suporte delas e no mundo delas, pois Akin é uma ponte entre esses mundos. Além do mais, Akin tem o mesmo direito ao trono de Igbo que Enitan, não somente pela profecia, mas por questões hereditárias também, já que Igbo foi fundada por nossa família. Na verdade, pela família do pai de Akin, pela família de Enitan e da feiticeira. O rei não sabe disso, pensa que a família de Adanna foi toda dizimada na guerra dos nove pilares, como assim foi chamada há muito tempo. Por isso que os pilares foram construídos e estão presentes até hoje na entrada principal do palácio.

Adisa interrompe e pergunta:

— Azira, eu não sabia disto. E a feiticeira sabe?

Azira olha para ele e diz:

— A Anciã não consegue saber com precisão se ela, Adanna, sabe ou não. Minha sogra diz que a feiticeira é muito poderosa, que sua magia é forte e que poderia saber através disso, mas ela vê algo na feiticeira que nem a própria Adanna enxerga, ainda.

Adisa pergunta:

— O que será isso?

Azira diz:

— Não se sabe direito, em algum momento se saberá. Voltando às guerreiras do Círculo da pedra, a grande senhora das guerreiras disse que será melhor para Akin se ele conhecer suas raízes ancestrais no âmbito espacial das guerreiras. A senhora das Guerreiras, Ada, estará aguardando por Akin, e ele será o único homem a entrar no mundo oculto das guerreiras do Círculo da pedra para ser treinado. A minha sogra disse sobre esse meu medo: *"A chuva bate a pele de um leopardo, mas não tira suas manchas"*.

Adisa comenta:

— Então é isso. Akin finalmente despertará para uma nova época. Vamos aproveitar mais um pouco essa lua cheia maravilhosa, nesse início de noite.

Azira chega em casa e vê Akin dançando e sua avó tocando

o instrumento dundun. Ele sorri para sua mãe e a pega pelo braço e ambos começam a dançar, a anciã começa a tocar um pouco mais alto e a cantar. Nesse meio tempo, nos vãos da porta e da janela vão aparecendo os vizinhos, todos ficam olhando alegremente e Akin começa a cantar também. Sua voz é belíssima, em um tom grave que faz os trovões partirem em poeira ao vento, as pessoas se mexem, os pés não param no chão e as mãos são erguidas ao ar e ficam se movimentando no ritmo dos tambores dundun e do canto de Akin.

*** *** *** *** *** *** *** *** *** ***

Ao amanhecer, Azira começa a conversa com sua sogra. Akin ainda meio sonolento, pergunta às duas por que estão conversando tão cedo sobre algo sério.

Sua avó olha para ele e responde:

— E como sabe que é algo sério?

Akin responde:

— Primeiro a conversa é baixa, depois vocês estão com uma fisionomia de tristeza, e terceiro seus pratos estão cheios e parece que nenhuma das duas preciosas da minha vida estão comendo.

Azira olha para ele e diz:

— Tem razão, ontem à noite quando cheguei nós iríamos ter uma palavrinha com você. Mas vá lavar o rosto e comer, depois conversamos. Ele sai e algum tempo depois ele chega e diz:

— É algo sério, pelo visto.

Azira então inicia a conversa sobre seu nascimento, sobre sua infância... então a anciã interrompe e diz:

— Filha, *"É água calma e silenciosa que afoga um homem"*.

Azira abaixa cabeça como sinônimo de respeito e a anciã pede que ela seja neste momento, mais guerreira que mãe. Azira então fala:

— Akin, na próxima semana, você se tornará um pequeno homem, mas acho que você já é. Seu presente será a iniciação do seu treinamento para guerreiro. Além disso, você conhecerá um grupo de guerreiras do Círculo da pedra, onde eu fui treinada. Seu primeiro dia de treino será em um mundo novo para você. Sei que muitas perguntas serão feitas por você aqui. No entanto, somente lá poderão ser respondidas.

Akin pergunta:

— Certo, minha mãe. Irei esperar o momento e então perguntarei, mas agora posso fazer uma só pergunta?

Diga Akin. Fala Azira.

— Mãe, você é uma guerreira invisível? Mãe, que maravilha, eu sou filho de uma mulher da pedra, e onde fica sua arma sagrada? E sua roupa de luta?

Azira diz:

— Não era uma pergunta só? — E sorri. — E sim, sou uma guerreira. E a arma sagrada está onde tem que estar protegida, energizada pela terra e dentro da terra. Está enterrada no chão do meu quarto, é claro.

Akin já estava pronto para falar:

— Mãe! Eba! — Mas Azira o interrompe:

— Já chega, vá comer e falamos mais tarde quando você terminar de fazer sua refeição.

III — A espera

Onde ela está?! Grita o rei Enitan. Sua irritação com a demora de Adanna deixa o mensageiro nervoso, com medo de que sua ira recaia sobre ele. Com isso em mente, ele deixa de lado seu temor e diz:

— Meu rei, a senhora Adanna falou que somente retornará no final da tarde, e que o senhor iria entender sua ausência.

O rei, desse modo, pergunta por que ele não tinha avisado logo.

O mensageiro responde, quase sem deixar sair as palavras direito:

— O senhor está na reunião com o ministro do País de Gana.

O rei levanta a mão, com sinal de satisfeito. Em seguida, o mensageiro Ode, aquele que, segundo a tradição nigeriana, teria nascido na estrada, sai da sala, deixando o rei com o ministro das relações da terra, percebendo que a conversa não seria nada amistosa, pois, na verdade, nos últimos anos, a sala de discussões somente tinha falas ameaçadoras, uma vez que o autoritarismo do rei a cada dia fica mais intenso.

— Senhor Ministro das relações da terra, como me explica a ausência do inhame? Já faz mais de uma semana que o produto não se encontra por aqui. O que houve?

O ministro então fala:

— Meu rei, já faz duas semanas que estamos investigando com os fornecedores e com os plantadores especialistas do inhame o que está acontecendo, e não sabemos o motivo de sua escassez. No entanto, ontem já encomendamos o inhame da Nação... — Neste momento, o rei interrompe.

— Você está dizendo que vamos comprar da Nação vizinha, o inhame que antes era vendido a eles?! Como assim? Isso mudou?

O ministro responde:

— Incrivelmente, em suas terras começaram a plantar e suas colheitas foram espetaculares, ao ponto de saírem distribuindo o inhame gratuitamente a toda população.

O rei pensa e fala:

— Hum! Não comprem, ou melhor, não paguem.

— Como assim, meu rei? — Pergunta o ministro das construções, que estava o tempo todo somente escutando.

O Rei diz:

— Senhores ministros, vamos pegar, e digam à nação deles que será um presente para a nação Igbo, e até minhas terras não produzirem o inhame suficiente, eles irão enviar sem custo, ou seja, serão dados de presente. Caso se recusem, tomaremos isso como ofensa, ou algo mais grave. A rainha, a todo o momento, ouvindo e atenta, se manifesta:

— Vejo que meu marido não acordou hoje muito bem, ou não dormiu bem? Para ser tão severo assim.

E ri da situação. E o rei retruca a acidez da esposa.

— Pelo contrário, minha bela, meu leito na noite passada estava cheio de diversão. Que pergunta capciosa.

A rainha levemente sorri e diz:

— Não acha muito imprudente levar essa ameaça à nação Jabuti a esse ponto?

Ele responde:

— Que seja. A nação deles é movida pelo medo. Não sei por que até hoje não a tomei como território de Igbo. Mas agora já está nos meus planos. Uma boa guerra com uma nação tão insignificante pode trazer emoções e um pouco de aventura para nossos soldados. Na verdade, nunca gostei daquelas terras, acho feias, áridas. Nunca foram boas para plantios, mas agora produzindo inhame, isso é um ótimo incentivo para uma diversão.

A Rainha fala:

— Bem, eu acho que uma guerra neste ano seria algo chato. Iria tirar meu brilho; lembre-se: esse ano é o momento reservado para festejar o casamento de nossa filha.

O rei diz:

— Claro que não esqueci disso. A nossa filha até que deu sorte, nunca pensei que a mais sem graça de toda as três, seria a primeira a se casar. Eita, gosto ruim tem o sobrinho do rei da Nação do Níger: além do mais, aleijada. Também, com a fortuna que você gasta de tecidos para ela, alguns até esquecem aquela perna raquítica e o andar horrível dela. Esqueça tudo isso, Rainha Efia. Vamos comer algo. Tudo isto me deixou com muita fome.

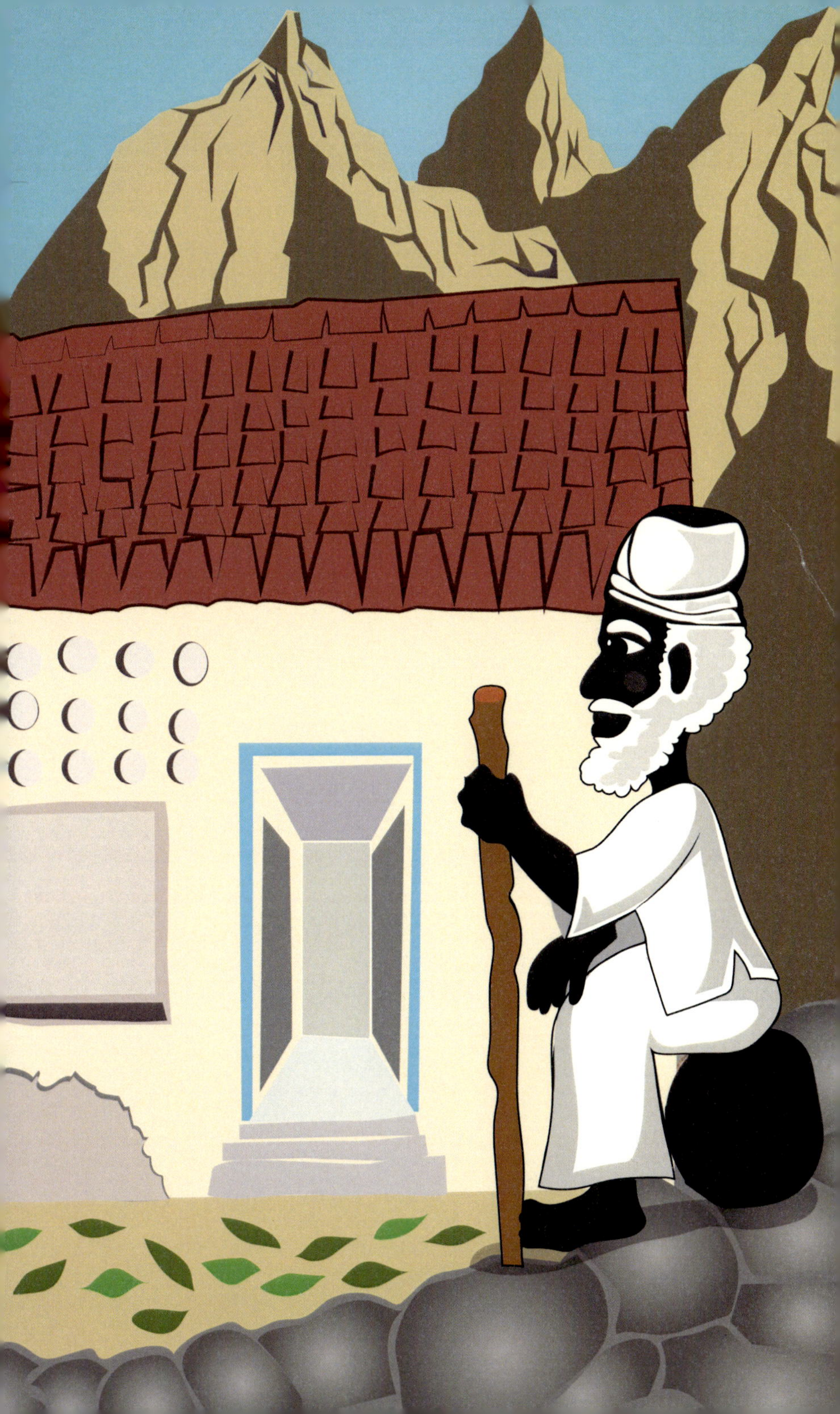

IV — O retorno ao Oráculo

Adanna cavalga em seu cavalo berbere, comprado de uma velha que morava ao leste da cidade de Igbo, por umas poucas moedas de búzios. Ela sabe que seu cavalo não é um animal tão novo assim, mas quando seu arisco cavalo a viu, olhou para ela como se deixasse de ser um animal, parecendo ser uma pessoa. Como ela já estava precisando mesmo de um cavalo e se agradou dele, comprou-o da velha.

Adanna cavalga rápido e, de longe, avista o seu destino. Foi uma viagem longa, que durou cerca de uma manhã toda. Nisso, Adanna controla a sua respiração. Suspirou, ao confrontar-se com suas memórias. Esforça-se para recompor suas visões, que persistem em tornarem-se vívidas em sua mente. Ela, então, começa a balbuciar palavras e, fazendo um encantamento para bloquear essas lembranças que tanto insiste em reviver, ela sacode a cabeça, revolvendo seus longos cabelos. Ela desce do seu cavalo, amarrando-o em uma árvore e começa a caminhar entre os Baobás — uns bastante antigos e outros jovens. Ela vai andando bem devagar em direção a uma pequena casa que fica próxima da montanha do vento falante.

Pensar no Oráculo fez com que ela pensasse em sua mãe, e não conseguiu evitar o suspiro. Adanna acha estranho que seu encantamento não surtiu efeito. E então, ela lança outro feitiço sobre ela mesma, era um feitiço antigo que se usava quando homens e mulheres iam para combates, que poderia durar horas, ou até dias, era o feitiço do "sentimento nulo". No entanto, era um feitiço que poucos sabiam usar e, para ser usado em algumas pessoas, a depender da pessoa, o feitiço poderia levar à loucura, deixando a pessoa atingida sem sanidade, ou mesmo fazendo com que esta torne-se um ser com alexitimia, que é uma pessoa incapaz de sentir e descrever emoções de si mesmo e de outra pessoa.

Adanna fixou seu olhar na casa, já tinha visto aquela paisagem dezenas de vezes, e novamente, essas lembranças se confundem em suas memórias. Ela não queria tentar ou sabia sequer se conseguiria nomear estas lembranças. Seus passos estavam cada vez mais próximos da casa.

Ela se lamuria e se questiona sobre seus dois feitiços não terem funcionado e diz para si mesma:

— É ele. Sempre ele!

A porta se abre e o Ancião do Oráculo, o senhor da visão, aparece e diz:

— Que demora! Hei, está com pé quebrado, é? Ou esqueceu de comer seu alimento matinal?

Ela pensa em responder. Mas ele é mais rápido e volta a falar:

— Esquece!

E começa a rir alto e manda-a entrar. Então, diz:

— A casa é sua.

Adanna entra sem fazer barulho algum e senta-se em frente à mesa, local onde o Senhor do Oráculo faz sua visita ao mundo oculto. Novamente, ele toma a palavra:

— A água está quase quente para o nosso chá de ervas. Coloquei as que você mais gosta.

Ela finalmente fala:

— E como sabe das que gosto mais? Consultou na sua mesa de visão! Velho intrometido.

O ancião retruca, dizendo:

— Vejo que não perdeu a língua afiada. Já a amargura, é algo mais novo para mim, minha filha.

Ela, na sua fúria, diz:

— Não me chame de filha! Velho nojento. E vamos logo ao que me interessa. Tome, trouxe esse dinheiro. Ele olha profundamente para ela e fala:

— Vejo que não me conhece mesmo, filha.

A feiticeira diz:

— Conheço muito bem! Velho mexeriqueiro. Venho aqui para uma consulta ao Oráculo, e infelizmente você ainda é o melhor na leitura do Oráculo em Igbo, e o mais forte na visão.

O Ancião comenta:

— Algo te incomoda, mas o que você quer saber, você já sabe.

Adanna pergunta:

— O que já sei? Sou louca agora, ou gaga. Pelo que vejo, o velho aqui é você.

O Ancião diz:

— Tem razão, sou o velho aqui. Talvez até gago. Mas eu sei que você não conseguiu ver o que você deseja, mesmo sua magia sendo forte, mesmo tendo usado os elementos adequados, você não vê porque não é destinada para ver. E não vou abrir para você a magia da mesa do Oráculo, não vou mesmo.

Adanna se irrita e fala:

— Mas para lançar feitiços para mim, você pode, não é?

O ancião diz:

— Não lancei nenhum encantamento sobre você.

Adanna levanta a voz e diz:

— Como não lançou, seu velho decrépito? Eu travei uma batalha comigo mesma e meus feitiços não tiveram resultado em mim. Lembranças não foram bloqueadas.

O ancião novamente fala:

— Nunca lançaria um feitiço algum sobre minha própria filha, nunca. Você é minha filha, Adanna.

Ela grita:

— Cale-se! Não sou sua filha. Posso ter sido há tempos atrás, e esqueço todos os dias de minha vida que venho de uma família miserável como a sua. Pelo que estou vendo, você quer medir forças comigo, velhote.

A feiticeira, então, começa a entoar um encantamento. Com isso, portas e janelas se quebram, o fogo se apaga e renasce em chamas altas, folhas secas entram tomando os cantos da casa.

O Ancião olha para fora da casa, na porta que dá para os fundos e faz um gesto de que está tudo bem. Volta a direcionar seus olhos para sua primogênita e consegue fazer um encantamento tão poderoso, que o fogo se acalma, as portas voltam para seu lugar e o vento que balançava as folhas secas dentro da casa sopra suavemente, as folhas caem com a calmaria do vento e tudo se pacifica. Adanna fica atordoada com isso e diz:

— Para quem disse que não levantaria nenhum encantamento sobre mim, fez um bom trabalho. Se eu quisesse, poderia deixar essa casa no chão. Quer ver?!

O Ancião fala:

— Basta, Adanna. Não fiz encantamento algum sobre você! O que fiz foi um encanto de proteção sobre mim mesmo e sobre essa casa. Aqui, nesta terra, sua magia pode até tentar, mas as forças ancestrais da magia, ainda são e sempre serão mais poderosas que a sua ou a minha magia. Elas estão presentes aqui, como estiveram presentes no dia em que você desejou o poder; o mesmo te fascinou ao ponto de suas escolhas serem essas: o poder através do medo, do ódio, da fúria. Você vem para saber daquele que um dia será um mito e se virou verdade, ou se o mito será a verdade, não quero e não vou ajudá-la com seus ideais ruins.

Adanna fala:

— Então, pelo que vejo, você acredita na profecia do garoto que se tornará o Rei da Justiça. Mas digo para você, ele não será rei. O rei Enitan não acredita nesse mito, mas agora ele irá acreditar. E eu serei uma pedra nessa profecia, eu irei destruir tudo que está em volta disto tudo.

O Oráculo diz:

— Pois é, minha pequena menina feiticeira; será desta sua pedra que este menino irá formar a pedra dele.

Adanna sai da casa enfurecida. Ela chega até seu cavalo berbere, monta-o rapidamente e com agilidade e cavalga em direção da cidade de Igbo.

*** *** *** *** ***

O ancião conversa com Ada:

— Você percebe, Ada, que as forças de Adanna e do rei já começaram a se mexer? O rei pode até ser cético, mas não é burro. Na verdade, ele tem medo daquilo que não consegue controlar. Venha, guerreira Ada, senhora das guerreiras do Círculo da pedra, sente-se, a água está no ponto para preparar nossa bebida, minha velha amiga.

Ada finalmente se faz ser percebida, saindo do véu do oculto e fala ao seu amigo:

— Querido amigo, quanto tempo não nos vemos.

O ancião acena com a cabeça, sorrindo, e deixa Ada continuar a falar.

— Faz quanto tempo mesmo que não te vejo? Hum, acho que cerca de nove anos. Desculpe, meu amigo. Quase iria me intrometer na sua discussão familiar, mas quando vi a feiticeira, sua filha, aquela que um dia segurei nos meus braços, ameaçando você, eu senti tristeza e uma vontade de estapear Adanna. Pois bem, meu amigo, acho que você já sabe meu motivo de estar aqui hoje, e pessoalmente.

O Ancião responde:

— Sim, e como sei. Nosso pequeno rei está pronto para a sua iniciação no Círculo da pedra. E você quer saber algo?

Ada responde:

— Não, meu amigo. Venho fazer um convite: já que na próxima lua crescente, Akin estará no reino das guerreiras e venho pedir sua presença e auxílio com o futuro Rei.

O senhor do Oráculo responde:

— Vou. Mas não preciso estar presente, minha senhora. Sua sabedoria para este destino já se basta.

Ada diz:

— Adúpé (obrigado), meu senhor do Oráculo. Meu convite é em respeito para com você, meu amigo, e com seus ancestrais.

— Certo, estarei lá. Já que está aqui, vamos comer um delicioso arroz de coco com inhame cozido na folha de bananeira. Colocar os nove anos em dia.

Ela fala:

— Claro! Não vou perder essa comida da noite nunca. Trouxe uns presentes para você.

Neste momento, entram duas guerreiras com os braços cheios de alimentos e tecidos. A noite começa a querer chegar e os quatro ficam na casa, rindo e conversando alegremente.

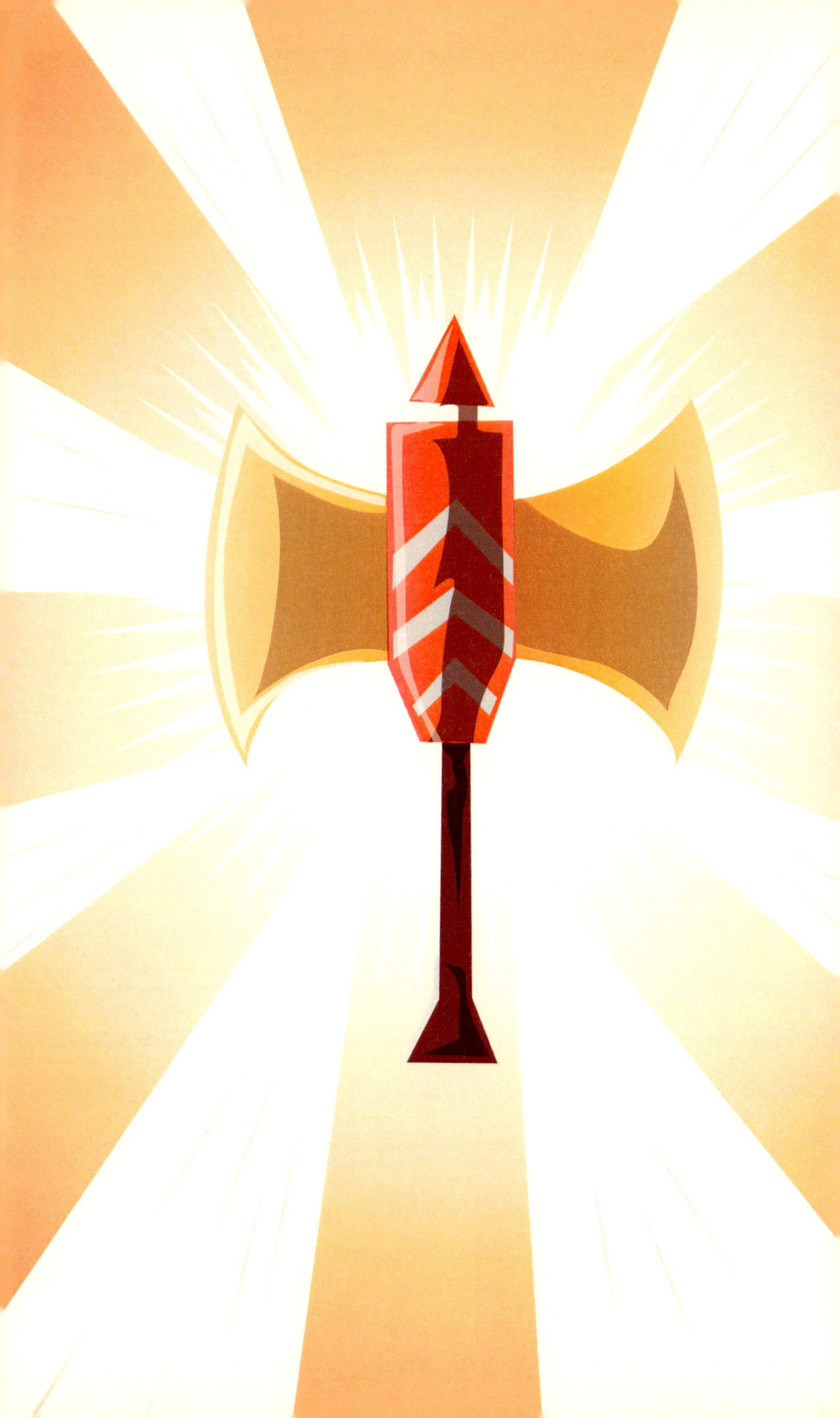

V — A volta

— Saiam da frente! — Disse a feiticeira. Ela entra na sala e fala ao rei que precisa conversar com ele urgentemente e em particular. Os demais ministros olham para ela com sinal de reprovação. O rei fala:

— Feiticeira, eu a esperava pela manhã, e você saiu sem se comunicar comigo. O que houve, foi comprar algum pó mágico? E dá uma risada logo em seguida.

Ela novamente olha para os ministros, mas todos olham para o rei e o mesmo pede para eles saírem.

— O que houve, Adanna? Nunca te vi assim, nervosa desse jeito.

Adanna responde:

— O mito do retorno do rei que irá segurar o *Machado da*

Justiça é verdade. Não é uma lenda para fazer crianças dormirem. Precisamos vasculhar mais profundamente sobre isso.

O rei diz:

— Esse é seu papel, lidar com o mundo oculto. Ou estou errado?

Ela comenta sua trajetória com o Oráculo, sem citar que ele é seu pai. O rei fala para a feiticeira:

— Não pense que deixei essas fofocas passarem despercebidas. Já faz algum tempo, enviei meu primo a uma missão a qual você reprovaria; ele foi consultar cada oráculo dos oito reinos, sobre essa falação e, por coincidência, seria hoje que eu iria falar com você a respeito, mas, pelo visto, a profecia é verdadeira. Maldição!

Adanna fala:

— Fui consultar um Oráculo, mas ele se recusou a ver no jogo a veracidade dessas histórias que circulam de boca em boca entre os povos dos oito reinos, mas essa negativa dele e suas conversas soltas, fizeram-me perceber que o cumprimento da profecia poderá estar mais perto do que imaginamos. Eu sinto que este menino é daqui de Igbo, por isso temos que intensificar a vigília, colocar olhos nossos em cada movimento desta cidade e de todas as aldeias. Eu irei lançar, a cada dia, feitiços para quebrar o véu que cobre minha visão.

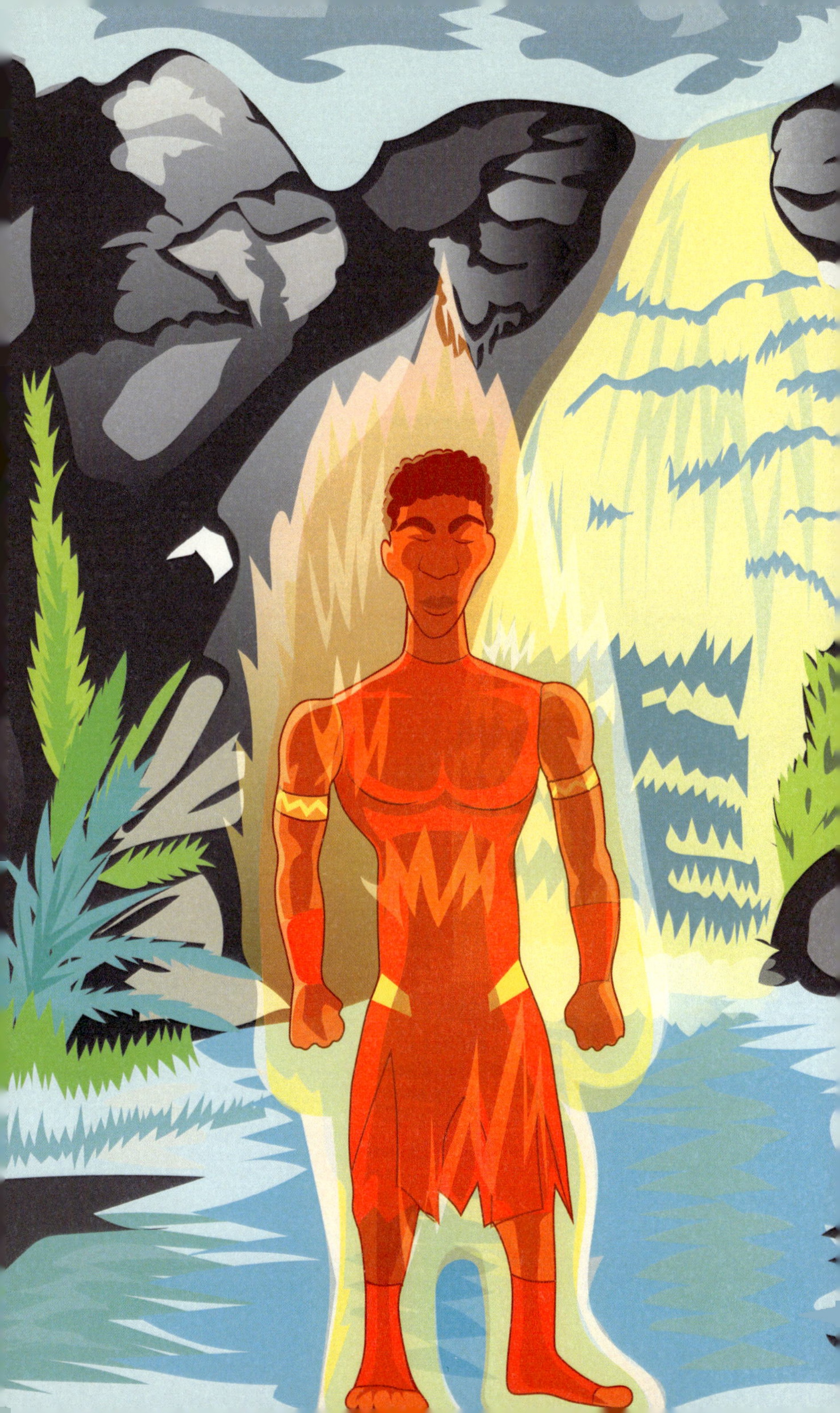

VI — A entrada

Akin olha para sua avó e pede a benção. A anciã diz:

— O amanhã pertence àqueles que se preparam hoje. Vá meu neto, seu anseio por respostas interiores, para onde você vai, serão respondidas.

Akin beija e abraça sua avó. Ele se despede de seu professor. Akin e sua mãe saem na alvorada.

Akin conversa muito com sua mãe. Eles conversam sobre coisas bobas e riem delas, e às vezes ficam em silêncio, mas nenhuma pergunta ele faz sobre o lugar para onde vão. Eles viajam duas noites seguidas, até chegarem no terceiro dia, no ponto final.

Azira começa a falar:

— Chegamos, meu filho.

Akin olha ao seu redor e diz:

— Mãe, que lugar belíssimo, que cachoeira incrível! Essa queda parece uma nuvem caindo no chão!

Azira olha para ele, sorri discretamente e fala:

— Sim! Eu, quando cheguei aqui pela primeira vez, tive a mesma impressão. É aqui que partiremos para um âmbito do aqui e o âmbito de lá. O tempo de lá poderá ser diferente do daqui, ou vice-versa, ou nada mudará. Somente saberemos o que irá acontecer quando passar neste espaço, no retorno para nossa casa. Mas lá dentro, você saberá de toda a verdade e quando sair, não se importará com essas circunstâncias do tempo e do espaço.

Akin olha para sua mãe atentamente. Azira ergue sua lança sagrada, pede licença e fecha os olhos. A seguir, murmura algumas palavras e logo à sua em frente a água da cachoeira começa a se mobilizar tremulando de um lado para outro, uns feixes de luz cor de âmbar dançam flexionando o ar, desdobrando o acesso para o mundo das guerreiras do Círculo da pedra. Assim, o portal se abre e eles entram.

***   ***   *** ***

Akin acorda em uma casa muito bonita, o tecido que cobre seu corpo é lindo, com desenhos airosos. Ao lado dele, há uma pequena mesa, sobre a qual está uma cabaça muito bem trabalhada, com pedras e miçangas com desenhos de elefantes; Em frente de sua cama está uma janela que é coberta por um tecido azulado, com pequenos símbolos de Adinkras. Ele se levanta e bebe da água e sai para ver os donos das vozes do lado de fora. Ele olha e vê um lugar idêntico àquele por onde havia entrado, só que a cachoeira estava um pouco distante e a paisagem mais adiante era diferente. Akin avista sua mãe falando com uma senhora, cuja aparência é de uma anciã, mas com uma postura de jovem, a postura de uma mulher como sua mãe. Ao lado delas estava um ancião usando um cajado em que apoiava seu corpo cansado. Eles se viram e olham para Akin. Ele fica tímido, mas somente por poucos minutos. Azira, então, anda em sua direção e o abraça e o beija e pergunta:

— Como se sente, Akin?

Ele diz:

— Oi, mãe. Sinto-me muito bem, com o corpo leve.

Azira fala:

— Também, você dormiu durante seis horas! Isso é bom para que seu corpo possa se acostumar com o novo ambiente; não esperávamos que você acordasse tão cedo. Venha, vamos conhecer a Ada, a senhora das guerreiras do Círculo de pedra.

Azira apresenta Akin a todos, e ele, sorridente, retribui a atenção.

Akin pergunta à mãe se ele já pode fazer perguntas, e ela diz que sim.

— A senhora disse que eu seria o único homem a entrar aqui, mas vejo que a senhora se enganou. Olha o ancião aqui.

Azira responde:

— Sim. Você foi o primeiro a entrar e será o primeiro a ser treinado. O ancião chegou depois de nós, ele é um dos que irá treiná-lo, para que se prepare para lutar contra a feiticeira Adanna ou contra qualquer outro feiticeiro ou feiticeira.

Akin, Azira, Ada e o ancião estão sentados e comendo uma refeição com frutas, sementes, inhame assado, acaçá, acarajé e outras gostosuras, acompanhadas com a bebida preferida de Akin, o aluá, que se trata de uma bebida feita com os ingredientes: gengibre, raspadura, cravo-da-índia, canela. Alguns acrescentam ervas ou casca de limão. A receita varia de acordo com região, feito por Azira. Neste momento, os três mais velhos explicam a Akin quem ele é. O ancião tem a palavra:

— Meu caro Akin, você ainda é criança, mas estou vendo

que está mais para um homenzinho; ou melhor dizendo: você é o ser destinado a erguer o machado de Xangô, destinado também a lutar contra a soberania cruel do rei Enitan, ou de qualquer um que queira desejar fazer o mal ao povo. Os ancestrais designaram você a esta missão, você nasceu rei e se tornará rei para todos. No entanto, meu rapaz, o machado de Xangô precisa ser despertado, e somente aquele escolhido por Xangô, e sendo você o próprio Xangô irá segurar o machado que está na pedra que divide o rio em dois, a pedra que há milênios é protegida por essas fortes e corajosas mulheres.

Akin ouve atentamente e depois pede para falar:

— Como irei pegar o machado? Ele é a pedra ou está dentro da pedra? Não compreendo.

— Meu rapaz, nenhum de nós sabe, você saberá no momento que tiver que saber. Amanhã iremos conhecer algumas lições de encantamentos. Agora, vá descansar do almoço e depois vá treinar com sua mãe.

Akin sai e fica surpreso com as imagens fantasmagóricas que passam pelas águas da cachoeira e pelos matos, descem ao chão e vão direto para o céu e, em seguida, desaparecem. A senhora das guerreiras, chega próximo dele e diz:

— É lindo, não é? Os outros temem essas luzes fantasmagóricas, por que não as compreendem, mas aqui elas vivem plenamente, umas aqui ficam e outras são empregadas como passagem para irem para o Orun, que quer dizer o mundo espiritual, em Ioruba. Sinto-me honrada em estar existindo para ver seu treinamento, meu Rei. Poder apreciar o seu desenvolvimento. Saiba que a sua mãe foi a melhor aluna que tivemos em anos, e quando os ancestrais falaram que Azira seria parte desta profecia, sentimos uma felicidade grande, pois sua mãe é uma mulher grandiosa e com um poder mágico incrível, assim como o seu pai.

Akin fica olhando para Ada e fica pasmo. Quando vai falar, ela o interrompe e completa sua fala:

— Sim, Akin. Sua magia é forte e diferente. Não se preocupe, daqui a pouco você sentirá suas manifestações.

Passam-se alguns dias e Akin evolui incrivelmente em seu treinamento. Quando antes ele lutava com duas guerreiras, agora ele luta tranquilamente com sete delas e vence a todas rapidamente. Seu treino com o Ancião a cada dia se intensifica. Ele aprende rápido, suas habilidades com as ervas e com encantamentos orais são exatas.

Chega a noite e todos ficam ao redor da fogueira Akin canta lindamente e todos os demais acompanham-no. No entanto, Akin para de cantar, seus olhos fixam em uma luz e seus olhos começam a lacrimejar. Então, todos param e olham para ele.

— Trata-se de minha avó! Eu vejo.... Ela está morrendo!

Ainda chorando, ele agradece à sua avozinha querida pelo carinho, pelo seu amor e seus ensinamentos e diz:

— A senhora sempre foi um mármore na minha vida! Seus contos e seus mitos narrados para mim serão transmitidos a todos de Igbo.

Ele abaixa a cabeça em sinal de respeito. E sua avó levanta seu rosto e diz que sua maior felicidade foi ter vivido em uma família como a deles e diz:

— Agora, meu Rei, meu neto; vou me encontrar com nossos ancestrais, eles me esperam. Não fique triste, pois a morte é um novo nascimento, e nossos ancestrais me esperam com grandes festejos.

Akin fala:

— Minha avó, não sentirei tristeza, pois no momento certo nos veremos. Vá, minha avó! Que sua luz brilhe no Orun.

Todos ficam atentos ao lindo encontro de Akin e de sua grande Anciã de Igbo. Não há tristeza, somente sentimento de amor e alegria. Azira faz uma oração e se despede de sua amada sogra.

Passam-se uns dois meses e Akin continua seu treinamento. Azira e Akin são chamados pela anciã das guerreiras que diz:

— Akin, seu ensinamento acaba amanhã. Não há necessidade de iniciação para posse da arma sagrada, uma vez que os ancestrais informam que seu treinamento está pronto. Logo mais à noite, vamos festejar sua partida. Pela manhã, o véu da cachoeira do nosso espaço e tempo entre o aqui e de lá onde é seu lugar, irá se abrir, pois você está pronto, meu Rei.

Akin se despede de todos e olha para o céu e agradece aos ancestrais. Ele fica olhando para o véu que transita na cachoeira que começa a ficar translúcida. O primeiro a entrar no véu é o ancião; o segundo é a senhora das guerreiras e em terceiro, sua mãe.

Todos esperam do outro lado a chegada de Akin, eles observam que algo diferente está acontecendo na passagem, a água movimenta-se em direção diferente, muitos brilhos e sons ondulam na passagem. A água dança com o fogo: ondas de fogo e água se entrelaçam. Nesta exuberância do véu, sai um homem lindo, não mais um garoto; sua pele não veste nenhuma peça, seus músculos são mostrados, firmes e brilhantes; e ele paira no ar, e finalmente seus pés tocam o chão.

Sua mãe sai rapidamente em sua direção, com um tecido para cobri-lo.

Akin fala:

— Sinto-me igual, mesmo com esse corpo crescido e mesmo estando com meu físico mudado. Precisamos ir agora em direção à pedra que divide o rio.

Logo depois, saem mais três guerreiras do véu, para acompanhar a todos, mas Akin pede à senhora Ada para convocar mais seis guerreiras.

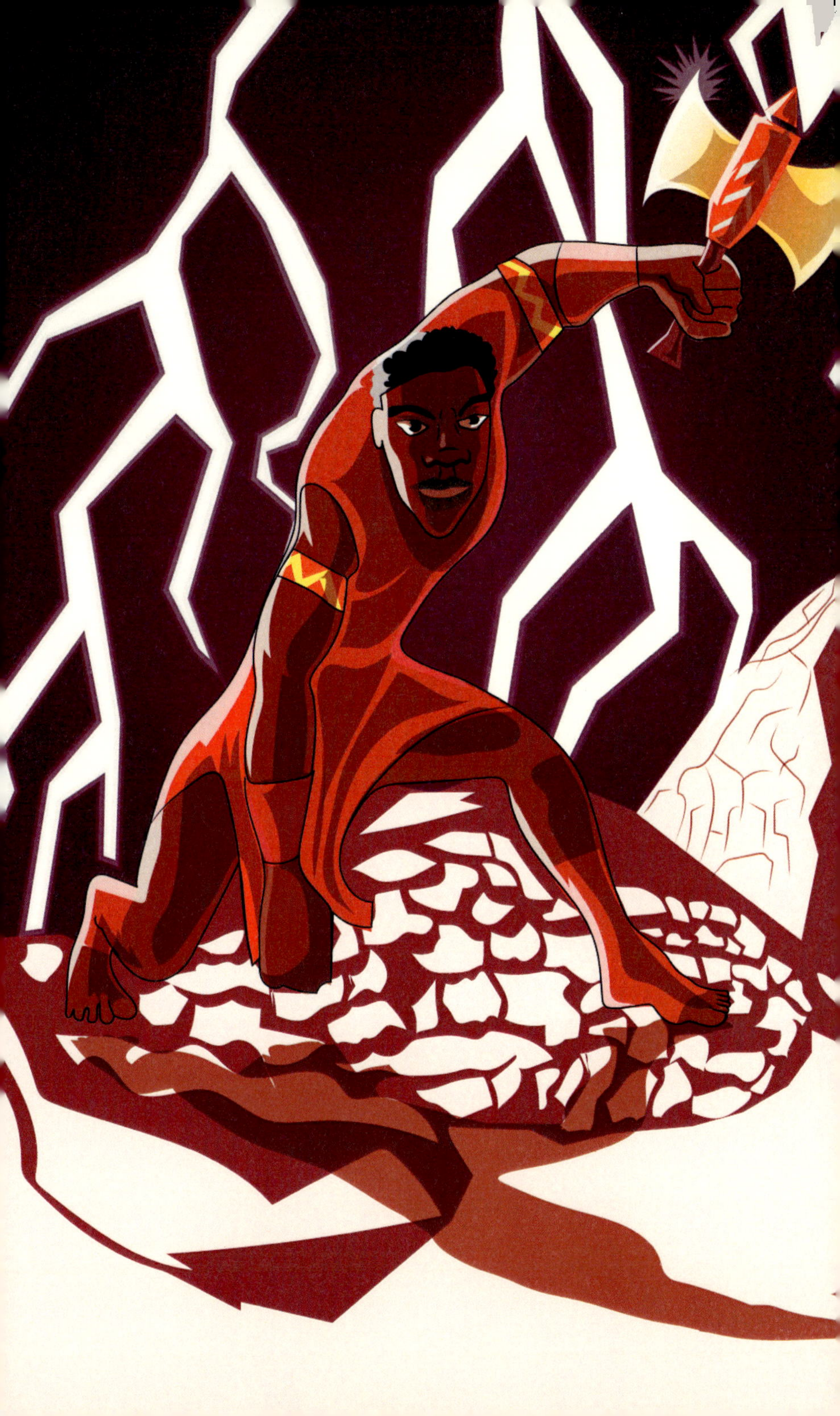

VII — O Machado

Antes de irem ao encontro da pedra, Akin passa em sua aldeia, que fica próxima da pedra que divide o rio em dois. Todos ficam surpresos, pois o menino que sumiu por volta de três anos, junto com sua mãe, retorna um homem lindo e feito, com ares de Rei. Akin conversa com os cidadãos e vai tomando conhecimento das atrocidades cometidas pelo rei. Akin e sua comitiva seguem em direção à grande pedra.

Em outro lugar, não muito longe dali, o rei e a feiticeira Adanna já estavam sabendo da chegada de Akin e de sua comitiva. Seus informantes foram eficientes. Seus espiões, sejam homens, mulheres ou animais, estavam espalhados em todos os cantos de Igbo. No entanto, o custo dessa poderosa magia foi muito alto para a feiticeira, cujo preço foi que sua beleza não era mais a mesma, seu vigor já não existia mais, suas rugas lá estavam, logo abaixo de sua maquiagem.

No entanto, não eram somente o rei e a feiticeira que tinham espiões, pois o novo mensageiro real, por coincidência ou não, era o filho do professor de Akin e, prontamente, corre para informar as artimanhas da feiticeira. Infelizmente, o mensageiro Kanoni chega tarde na sua aldeia, e fica horrorizado ao ver chamas nas casas, animais mortos, plantações destruídas — era um cenário de guerra, aterrador por demais. Muitas pessoas sendo presas e algumas mortas. Kanoni fica de longe, tentando buscar em seus olhos Akin e ouve um dos soldados dizer que estava aliviado de não ter encontrado o homem do mito; e o mesmo praça fala que a feiticeira já deve estar no outro lugar.

Akin e sua comitiva estão bem próximos da pedra que divide o rio. Eles a avistam de longe e Akin comenta:

— Que panorama admirável, esse rio, essas planícies e tudo mais à sua volta. Anciã, aqui você fica, pois eles já chegaram. Infelizmente, a batalha vai começar.

Todos olham em direção à pedra e não veem nada, mas o ancião começa a murmurar algo, esforça-se e diz:

— Sinto algo diferente, não consigo prever absolutamente nada, pois a magia naquela direção está muito poderosa.

Akin fala para o ancião com uma voz firme, para este permanecer onde está e sai em direção à pedra. Os demais saem atrás dele. Ele, cavalgando na velocidade do vento, grita para Ada ficar com o Ancião. Akin desce do seu cavalo e os demais também e em voz alta, ele diz:

— Pode desfazer seu encantamento, feiticeira, ou quer que eu faça isso por você?

Ela vai aparecendo, entre ondas de oscilação e vai dizendo:

— Hum! Muito bem, vejo que o homem aqui tem conhecimento do mundo oculto, mas isso não adiantará de nada para você Akin, seu destino é morrer aqui neste local. Você me causou muito desgaste, rapaz. — Ela fala com suavidade. — No entanto, sua derrota será certeira! Vejo que não possui arma alguma. — E então, ela lança um tremor de ar em cima dele, que cai no chão atordoado. Quando ela se prepara para lançar outro lance de tremor mais poderoso sobre ele, as guerreiras fazem uma barreira com suas armas sagradas, conseguindo ajudar Akin, mas o poder da feiticeira é grande e todos caem. Azira fala:

— Não pense que venceu Adanna.

Adanna ri e diz:

— Eu já sou vitoriosa, guerreira do Círculo da pedra. Finalmente, conheço uma de vocês.

Neste momento, todos que estão sendo escondidos pelo encantamento de Adanna aparecem. O rei Enitam grita para seus soldados destruírem a grande pedra.

As guerreiras ouvem e saem em direção da pedra, a fim de defenderem-na. Akin olha para sua mãe e diz:

— Vá guerreira Azira, sua missão é proteger a pedra, não a mim.

Então, Adanna e Akin ficam um em frente ao outro. Ela lança uma onda de tremor novamente, mas Akin desvia dessa vez, e ela então muda de feitiço, usando um encantamento com tremor na terra e faz Akin cambalear, mas não cair. Ele olha para o lado e vê que as guerreiras estão em um número pequeno contra os soldados de Enitan. Adanna sorri. E Akin pensa que a feiticeira é realmente poderosa. Adanna se diverte e lança em Akin outro feitiço, mas ele salta no ar entre as pedras jogadas pelo feitiço de Adanna. Quando ele pisa no chão de novo, ela lança um feitiço de prisão, deixando Akin preso em emaranhados de cipó espinhentos. Aí ela diz:

— Está vendo essa faca? Está envenenada, vou fazer ela deslizar em sua pele, bem devagar. — E ri.

Neste momento, o ancião aparece do nada e grita:

— Pare, Adanna! Não é possível que dentro de você somente exista maldade. O poder a transformou em um mostro, você desgraça seu próprio povo, despreza seus ancestrais, mas eles sempre orientaram seus passos. Até mesmo na sua iniciação como feiticeira, eles estavam lá, você que não quis ouvir, e escolheu a árvore da cajazeira, que é a devoradora de poder. Aquele que você protege é um destruidor. Foi este homem que você seguiu que dizimou nossos familiares, nossos antepassados, e sabe por quê?

O ancião continua, após ter tomado fôlego para respirar:

— Porque nossa família é uma das fundadoras da Nação de Igbo, junto com a família Asip (nome fictício), e ele não queria descendentes das famílias que fundaram Igbo, somente da dele. Nós somos da família Karasi (Karasi é uma palavra de origem nigeriana que significa: Vida e sabedoria). Sim, Adanna, nós somos da família Karasi.

Adanna fica confusa e com raiva e lança um feitiço sobre o Ancião, que tenta resistir, mas não aguenta e cai. Ela grita muito, vociferando sem parar, falando que não quer ouvir as mentiras dele. Ela, então, lança um feitiço com um pó branco que joga ao vento, em direção a Akin, que fica zonzo. Neste momento, ele grita de dor e fala:

— Eu sou Akin, filho da família Asip, sou filho de Xangô! Eu sou Xangô!

Neste momento, o céu começa a escurecer e ser cortado por raios; na sequência, os sons do trovejar. Há poucos instantes, antes de Akin se autodenominar Xangô, o céu estava límpido e azul. Agora, o céu está cheio de nuvens, e com muitos trovões. Finalmente, Akin se levanta e se solta das amarras; e erguendo suas mãos, ele pede a seus ancestrais pelo machado sagrado. Mais trovões e raios rasgam o céu. Desencadeado por um imenso poder, um raio cai sobre a grande pedra que divide o rio em dois, a força é tão grande que faz o rei, as guerreiras e feiticeira caírem no chão. Ficando somente de pé Akin, que recebe também os raios.

A pedra magicamente pega fogo e mais raios tocam na pedra incandesceste como se estivessem moldando algo. E sim que estavam mesmo a moldar. Nasce, então, da pedra um machado belíssimo, suspenso no ar, do qual saem chamas e raios. Akin olha para o machado e sussurra algo. E o machado chega, enfim, às suas mãos. Os ferimentos vão magicamente sumindo. A feiticeira, então, fica atônica e fala:

— Saiam, irmãs! E lutem!

Nisso, saem nove feiticeiras, na verdade todas com aparência monstruosa, e ela entoa um encantamento invocando um Quibungo (é um monstro das lendas afro-brasileiras, e da literatura oral do povo negro, que traz momentos tristes, pois são devoradores de crianças), que aparece grunhindo sons horríveis e sai em direção de Akin. Ele (Akin) começa a lutar com o monstro e com as ondas enfeitiçadas das feiticeiras monstruosas. Em outra direção, está o ancião caído próximo de Adanna. E então, começa a soprar um vento suave em meio a essa batalha — a brisa aparece entre ele e Adanna. De repente, o ancião segura sua filha pela perna, e aquele toque parece que mudou tudo em Adanna. Ela olha para o seu pai e sente o amor dele emanando de dentro para fora de seu corpo e, finalmente, quebram-se os encantos antigos que ela lançou sobre si mesma. Se algum mal estava presente, neste toque, foi dissipado. Ela não entende e se ajoelha e diz ao pai:

— O que está feito, feito está. Então, pede desculpas e diz:

— O mal que lancei não será desfeito.

Adanna olha para Akin e tenta ir ajudá-lo. O rei, estando de longe, fica só olhando e sem entender nada. Ele sai em direção de Adanna. Ela conseguiu neutralizar duas feiticeiras, restando ainda sete. Nesse ínterim, o rei Enitan chega próximo dela e pergunta:

— Está louca, Adanna?! Estamos quase vencendo!! O que é isso? Não estou entendendo. É algum truque seu?

Ela responde:

— Não Enitan, o mal que semeei e o que estava dentro de mim esse tempo todo está sendo anulado, não sei o que houve.

Ela olha para a luta de Akin com o quibungo e as feiticeiras, e diz:

— Finalmente, ouvi os meus ancestrais. A profecia será concluída.

Ela sente uma dor levemente nas suas costas e cai ajoelhada. Ele olha e grita:

— Maldita!! Morra!! — E sorri, com ares diabólicos.

Ela diz:

— Que dor estranha! Sinto pesar e ao mesmo tempo um alívio. — Olha para o pai e morre.

Enitan grita para as feiticeiras monstros:

— Matem-no!!

Akin luta bravamente. Ele salta acima da cabeça do quibungo e lança o machado, que corta uma das mãos do monstro, que grita de dor ou é o que parece, mas ainda sai em direção de Akin com uma das mãos com garras que magicamente ficam maiores, então avança com elas para cortar Akin, que se protege com o machado, ambos trincam e o monstro dá um passo para trás e Akin salta entre raios em seu corpo e lança um raio no monstro que cai ajoelhado. O monstro fica de costas para Akin que lança o machado e atravessa o corpo do monstro que se dilui em lama no chão e evapora. O machado retorna para a mão de Akin, que imediatamente ergue ao céu e trovões aparecem, deixando as feiticeiras agoniadas. Akin, então, lança, através do seu machado, raios em forma de fogo e todas são dizimadas. O rei fica louco e grita de ódio e joga sua lança em cima de Akin, que é automaticamente repelido pelo machado, mas Enitan não desiste e sai em direção de Akin, entretanto, não chega próximo o suficiente, e cai de joelhos e é atingido por um raio que sai do machado para o céu e do céu cai em cima de Enitan.

Akin fala:

— Seu tempo aqui acabou.

Tambores, danças e festejos: é assim que Igbo fica com a chegada do seu novo Rei. Muitos batem seus instrumentos e cantam a Akin.

Como ele gosta de ser elegante,
Seus cabelos são trançados lindamente,
Suas argolas brilham em suas orelhas como sol latente.
Akin usa seus colares de contas, seus braceletes como são airosos.
Que elegância ele tem, seus talismãs o enfeitam e o protegem,
Ele torna-se Rei, é guerreiro,
Por paixão e pela justiça tem amor e dedicação,
Esse é Akin, Rei que segura o machado de Xangô, ele é Xangô.

FIM

Glossário:

1. Agruras: qualidade do que é áspero. Sensação de amargura; desgosto, dissabor;
2. Ancestral: relacionado com antepassados; familiar de quem se descende; antecessor;
3. Arremate: ato ou efeito de arrematar;
4. Latente: que existe em forma adormecida ou reprimida que está oculto, encoberto;
5. Regalias: privilégios que certas pessoas têm em relação a outras;
6. Ojeriza: repugnância ou nojo; sentimento de repulsa;
7. Fascista: que é autoritário e ditatorial;
8. Místico: que pertence ao misticismo, ao mundo da magia;
9. Crendices: superstições; crenças populares;

10. Profecia: ação que prevê o futuro, que se acredita ser por meio de uma inspiração divina;
11. Vertigem: tonteira; sensação de oscilação, de instabilidade corporal;
12. Desatino: expressão de falta de juízo, de loucura;
13. Jugo: submissão resultante do uso de força ou da autoridade;
14. Baobá: árvore africana de grande porte, que vive muitos anos;
15. Imperceptível: que não se consegue notar ou perceber;
16. Desenho Adinkra: são desenhos com símbolos que representam conceitos de aforismos;
17. Berbere: é uma raça de cavalos da Berbéria, na região Norte de África, no território que se estende da Líbia a Marrocos e outras regiões, onde existe há muitos séculos;
18. Mancala: um jogo africano de tabuleiro jogado ao redor do mundo, algumas vezes chamado de jogo de semeadura ou jogo de contagem e captura, que vêm das regras gerais;
19. Capciosa: o mesmo que: espertalhona, manhosa, sorrateira, ardilosa, artificiosa.

Esta obra foi composta em Arno Pro Light 13 para a Editora Malê e impressa na gráfica PSI em papel pólen bold 90 em outubro de 2020.